ÉPITRE

A MON CURÉ.

ÉPITRE

A MON CURÉ.

Par Alexis LAGARDE.

SECONDE ÉDITION.

A PARIS,

CHEZ LES MARCHANDS DE NOUVEAUTÉS.

Mai 1822.

ÉPITRE

A MON CURÉ.

Quand je contemple, Abbé, sous l'austère calotte,
Les traits resplendissans de ta face dévote
Où, sur un nez romain largement épaté,
A travers le rubis brille la sainteté;
Quand mon œil ébloui peut embrasser à peine
Les célestes contours de ta sobre bedaine
Dont la Goutte, au mépris des plus chastes transports,
Fait chanceler en vain les débiles supports,
Je demeure en extase, et mon âme ravie
Adore ces garans d'une chrétienne vie :
Tes bienheureux destins ressuscitent ma foi;
J'y vois le doigt de Dieu prêt à veiller sur moi;
Je rougis de compter mes faibles sacrifices :
Les sentiers du salut ont aussi leurs délices;
Tu m'es un digne exemple! et dégageant mon cœur
Des frivoles appas de ce siècle imposteur,
Je n'attends, pour marcher sous ta blanche bannière,
Que d'un vrai pénitent la teinte printanière,
Ce joyeux embonpoint et ces charmes jouflus
Dont la Grâce attentive arrondit ses élus.

Dans les fougueux écarts d'une ardente jeunesse ;
J'ai suivi des plaisirs l'amorce enchanterèsse ;
Des modernes Laïs, mon plus cher passe-tems,
J'ai partout courtisé les attraits inconstans ;
Hélas ! la mort s'attache à des lèvres perfides !
D'un barbare venin les semences rapides
M'allaient faire expier, sur un lit de douleurs,
De ces baisers impurs les vénales faveurs,
Lorsque, prenant pitié de son cruel ouvrage,
L'Amour est accouru ranimer mon courage :
Annette et ses quinze ans, sa naïve beauté,
Son sein, timide encor, décemment agité,
Ses secours innocens, sa tendresse assidue
Ont rendu la vigueur à mon âme éperdue.
O fortunés instans où nos cœurs réunis
Firent le doux essai de mes sens rajeunis !
Où, le front radieux d'un myrthe plus honnête,
Je pus m'enorgueillir de ma sage conquête !
D'un tas d'adorateurs l'insidieux propos
N'eût jamais d'un soupçon alarmé mon repos ;
Des soucis importuns défiant les atteintes,
Un sourire d'Annette eût dissipé mes craintes ;
Sécurité trompeuse ! aveugle passion !
Un moment a détruit toute l'illusion :
Annette !..... Ah ! digne Abbé, pardonne à ma folie !
Pour rester long-tems sage elle était trop jolie.
L'ingrate porte ailleurs ses parjures sermens ;
A sa flamme novice il faut des changemens ;
En vain de la débauche honorable transfuge,
Je vis en sa candeur un glorieux refuge ;
Je rejette indigné la honte de mes fers :
C'est toujours la catin, sous des masques divers.

Reçois mes vœux , Abbé : ta trogne rubiconde
M'encourage à l'oubli des vanités du monde.
Sois le benoît patron de mon noviciat.
Mon maintien , il est vrai , n'a pas ton air béat ;
Qu'importe ? En droit chemin si je ne perds haleine ,
J'ai le tems d'acquérir la splendeur de Silène :
Quand , pour moi , son filleul de ses pampres nouveaux
N'a que vingt fois encore enrichi nos côteaux ,
Je n'en suis pas sans doute aux dernières vendanges ;
Non que je tienne , helas! à chanter ses louanges ;
Je sais que de l'autel apôtre et serviteur ,
Je ne dois plus songer qu'aux vignes du Seigneur ;
Mais ma règle , en tous points , à la tienne conforme ,
Me promet tôt ou tard la prestance uniforme ,
Et cette oreille rouge , et ces bourgeons bénis ,
Attributs éclatans des vins du Paradis.

Toutefois , je l'avoue , il me reste un scrupule :
Je ne suis guère bon qu'à prier en cellule ;
Je n'ai point ces accès , ces sublimes élans
Que réclame la chaire à défaut de talens ,
Ces larmes dans la voix , cette onction sacrée
Qui ramène au bercail la brebis égarée ;
Ma parole est sans art , mon geste sans effet ;
Je ne suis éloquent que devant un buffet.
Pareil à ces Solons de qui la nappe mise
Eclaire tout-à-coup la sagesse indécise ,
Et dont les argumens pour trancher les débats
N'ont jamais tant de poids qu'à l'heure du repas ,
Le nectar bourguignon , la truffe limousine
Prêtent à mon discours une chaleur divine ,
Et , fallût-il alors convertir un démon ,
Je me sens en état de tenter le sermon.

Ne puis-je donc, en chaire, assurer mon audace
Au fumet d'un bocal qu'on tiendrait à la glace,
Afin qu'à mes trois points, mon palais empâté
Fût d'un glouglou furtif humblement humecté?
Quelque précaution que mon zèle déploie,
Ira-t-on s'aviser du ressort que j'emploie?
Un coude qui s'oublie aventuré trop haut
Mettra-t-il pour toujours ma morale en défaut?
Ah! je crois déjà voir l'ouaille courroucée
Disperser en éclats ma bouteille cassée,
Et, dans les flots sanglans du jus inspirateur,
Sous ses tristes débris enterrer l'orateur!
L'ire des gens de bien n'en est pas moins fatale :
Epargnons à l'Eglise un dangereux scandale ;
N'allons pas, malgré nous, orner la Fleur-des-Saints
D'un martyre inutile à nos humbles desseins.
C'est dans l'obscurité d'un paisible ménage
Que de ces coups hardis le sort nous dédommage ;
C'est là qu'un bon prieur long-temps en pâmoison,
Surpris de s'éveiller sur le sein d'Alison,
Peut du moins sans péril sermonner à son aise,
Pour peu qu'un rouge-bord enlumine sa fraise ;
Là doit fleurir enfin, loin des vulgaires yeux,
De nos soins prévoyans l'ordre religieux.

Ils n'en sont pas réduits à des soins si tranquilles
Ces pieux vagabonds tant chômés dans nos villes (1),
Qui vont, prophétisant des peuples et des rois,
Confondre l'hérésie et relever la Croix.
C'est pour eux que la chaire est un char de victoire.
J'en atteste les pleurs du nombreux auditoire ;
J'en atteste à leurs pieds la foule des pervers
Qu'un *agnus* indulgent rachète des enfers.

Enfans de Loyola! vous n'avez point encore
Soulevé l'Occident contre la rive Maure ;
Vous n'avez point vengé sur l'orgueil du Croissant
La place que le Christ arrosa de son sang ;
Les princes ennemis de votre destinée
N'ont plus trouvé chez vous l'hostie empoisonnée ;
Le poignard des Châtel repose dans vos mains ;
Le carnage a cessé, les bûchers sont éteints ;
Mais à vos fiers accens la Discorde aguerrie,
Des brigands d'Austerlitz la mémoire flétrie,
Des biens sacerdotaux les ravisseurs maudits,
Aux morts impénitens les psaumes interdits,
La cendre des tombeaux saintement profanée (2),
Sous le toît paternel l'enfance subornée,
Et l'hymen méconnu malgré le sacrement,
Et Voltaire et Rousseau proscrits par mandement (3),
Et mille autres exploits que le ciel vous inspire
Nous font tout espérer de votre auguste empire.
En dépit des Bretons et des charivaris (4),
Le tronc se remplira, les chapelets ont pris !
Le miracle au besoin soutiendra la parole.
Le guerrier apprenti qui prêta son épaule
Au transport imposant du signe de la foi,
Pourra, le sabre au poing, en proposer la loi.
Courage, Révérends ! l'œuvre philosophique (5)
Brûle en grand appareil sur la place publique :
Un pas ! et nous verrons le cher inquisiteur,
Défait du livre impie, entreprendre l'auteur.

Passe-moi, digne Abbé, cette franche apostrophe.
Le ciel nous façonna d'une toute autre étoffe :
C'est dans la solitude, à l'abri des rivaux,
Que sa toute-puissance a marqué nos travaux.

Pour sauver son prochain il est plus d'une voie.
Regarde ce tendron qu'une mère t'envoie ;
Il t'a surpris à table et veut se retirer ,
Ton regard agnelin vient de le rassurer :
Entre tes deux genoux la belle agenouillée ,
Te fait son confident, la paupière mouillée ,
Et ta cuisse dévote, aidant son embarras,
Presse de temps en temps ses pudiques appas.
Que de péchés mignons ignorait la poulette !
Ah! quand pourrai-je ainsi confesser mon Annette !
O mortel souvenir ! inutiles regrets !
Non, je risquerais trop à savoir ses secrets ;
Loin de nous l'infidèle !.... Egayons notre vue
Au minois égrillard de la jeune cohue
Qui t'arrive en tumulte, et débite si bien ,
Par demande et répons, ses devoirs de chrétien :
Tu prends à ces marmots un intérêt extrême ;
Ils ne subiront point le lubrique système
De ces pâles *Fraters* à chapeaux rabattus ,
Emules de Basile, en Basile vêtus ,
Et de qui la brutale et sotte réprimande
Aux fessiers enfantins cause une peur si grande.
Ton zèle mieux appris dédaigne avec raison
D'un sale Ignorantin l'imbécille leçon :
Chez toi, tout est content, tout obtient ton suffrage ,
La fraîcheur un baiser, la sagesse une image ,
Et les cadeaux choisis, pour prix de tes sueurs ,
Inondent ta demeure en confites douceurs.
Tel , au fond du désert, l'ermite solitaire
Amusait autrefois son exil volontaire ;
La manne qui tombait en ce rustique lieu
Engraissait le pauvre homme à la gloire de Dieu ;

Il ne pouvait paraître une assiette friande
Dont son heureux bissac ne reçût une offrande ;
D'une lieue à la ronde il était consulté ;
Les jaloux, au retour, dormaient en sûreté ;
Les maris impuissans sentaient leur force éclose ;
Il guérissait la rogne et, par cas, autre chose,
Eloignait le trépas du vieillard décrépit,
Aux filles du canton octroyait de l'esprit,
Et du froc enjôleur la mystique impudence
Des manans ébahis était la providence.

   Aujourd'hui, dira-t-on, tout est dégénéré :
La satire poursuit le chignon tonsuré ;
Le temporel échappe avec nos bénéfices ;
Plus de pain sans labeur, plus d'abbé sans offices ;
Les ermites, au cours de ce code inhumain,
Sont libres de jeûner et de mourir de faim ;
D'accord : et je conçois, pour le bien de la France,
Qu'il soit temps d'arborer notre antique puissance ;
Qu'il faille rétablir l'adage essentiel
D'abandonner la terre à qui promet le ciel ;
Que les legs au clergé, les annales, les dîmes
De toute éternité soient choses légitimes ;
Mais pourquoi ces clameurs ? le fidèle contrit
Nous fait manger encore un exquis pain-bénit ;
La brioche en est belle, et, quoiqu'on me conteste,
Je m'accommode fort du peu qui nous en reste.
L'âge d'or des abbés n'a pas fui pour toujours ;
Brillant d'un nouveau lustre, il renaît tous les jours.
En quoi donc, en effet, sommes-nous tant à plaindre ?
Sous quel joug si pesant nous a-t-on vu contraindre ?
S'agit-il, en hiver, d'aller, comme Vincent,
Ramasser l'orphelin sur la neige gissant ?

D'imiter Fénélon rendant à la chaumière
Son trésor égaré, la vache nourricière ?
Ou Belzunce, au milieu d'un fléau destructeur,
Faisant partout bénir son nom consolateur ?
De tels sujets sont bons pour des tableaux d'église.
Chacun à cet égard se conduit à sa guise.
Sans doute, et j'y consens, l'active charité
Peut suspendre le cours de notre oisiveté ;
Sans doute il est permis, par un effort sévère,
D'assister, en passant, la souffrante misère ;
Mais Dieu n'a pas voulu que ces sortes de soins
Nous fissent un moment oublier nos besoins :
D'autres devoirs, Abbé, compensent ces fatigues :
On se pousse à la cour par de pieuses brigues ;
On obtient une crosse aux pieds d'un parvenu ;
L'escalier dérobé nous est-il inconnu ?
Non, la religion n'est point anéantie ;
La voûte du cellier porte la sacristie :
On puise assez de force en un pareil soutien ;
Remplissons le calice, et je ne crains plus rien.

Que nous veut cependant cette foule lointaine ?
Quel prodige nouveau la séduit et l'entraîne ?
Son horizon mouvant nous laisse apercevoir
Un point qui le domine en forme d'éteignoir :
Quelque vieux Paladin à gothique figure
Se serait-il montré sous sa noble coiffure ?
Approchons.... ô merveille ! en croirai-je mes yeux ?
Ciel ! c'est un capuchon qu'on siffle à qui mieux mieux ! (6)
Un capuchon ! où suis-je ? ah, mon cœur ! ah, ma joie !
Venez, frère Frappart, venez, que je vous choie !
Levez-vous, levez-vous, Carmes et Célestins !
Cordeliers et Chartreux ! Feuillans et Bernardins !

De nos pères errans la prompte renommée
N'a point toujours produit une vaine fumée :
De l'utile moûtier l'aumône a fait les frais ;
Oui, nous aurons encor des moines à l'engrais !
Mais quoi ! des pénaillons j'ose aborder la race !
Quoi ! le bonheur suprême habiterait la crasse !
Ce ne sont que vauriens de vices gangrenés,
Rebuts de la besace, au jeûne condamnés,
A qui le maître altier, lassé de la prière,
Vient d'appliquer tout chaud deux cents coups d'étrivière :
Et parmi cette ordure on serait confondu !
Ah, foin du monastère et du fesseur tondu !
Viens, Abbé, dépêchons où l'œuvre me réclame :
Mon prince m'a choisi pour diriger madame ;
Et le métier vaut mieux, sans aller plus avant,
Que traîner la sandale et gueuser au couvent.

Je me ravise, Abbé, ne dirigeons personne :
Le fait est chatouilleux bien plus qu'on ne soupçonne.
Mon salut court sa chance, et n'est pas si certain,
Que je m'occupe encor du salut du prochain.
Revenons au réduit du foyer domestique
De plus hautes vertus admirer la pratique ;
Nous en sommes sortis assez mal à propos ;
La soupe doit t'attendre et je me sens dispos.

Salut, lares charmans ! salut, riant asile !
C'est donc sous ces lambris que mon Abbé s'exile !
Quel céleste parfum embaume ce séjour !
Un rideau rose et vert ménage un demi-jour :
Un boudoir, dont le goût a réglé l'opulence,
Sur deux épais coussins reçoit notre indolence.
Voici l'humble oratoire où le fervent pasteur
Pleure sur le néant d'un luxe corrupteur.

Dans cette niche étroite est la molle couchette
Où la paresse endort sa charité douillette;
Vis-à-vis ce brasier qui nous ragaillardit
Le couvert déjà mis irrite l'appétit.
Dieu soit loué ! je vois s'avancer le potage !
La nièce nous l'apporte : ô le gentil visage !
C'est le souris d'Annette et son air ingénu :
Annette ! ô cher tourment ! qu'êtes-vous devenu ?
A vos genoux encor, malgré votre inconstance,
Il me serait si doux de faire pénitence !
Que pourraient contre moi les caquets du quartier ?
La nièce est de rigueur comme le bénitier.
Mais que dis-je ? ah, fuyez ! éloignez-vous, volage !
J'ai de quoi consoler l'ennui de mon veuvage :
Cette nièce attrayante, assise à mes côtés,
Objet reconnaissant des plus rares bontés,
Ce trésor qu'un prélat a couvé de son aile,
Va ressentir aussi ma discrète tutelle :
Oui, Curé, ce bel ange est désormais ma sœur;
Je veux, en ton absence, être ton successeur.
Et comment résister à la main généreuse
Qui te verse à longs traits cette liqueur mousseuse ?
Aux doigts qui t'ont choisi de ce mets excellent
Le morceau le plus tendre et le plus succulent ?
Ah ! c'en est fait, Abbé : chez toi je m'expatrie;
Au diable à tout jamais la capucinerie !
Des nièces et du vin ! je ne balance plus :
A boire, Abbé, trinquons, et taupe là-dessus.

NOTES.

(1) *Ces pieux vagabonds , tant chômés dans nos villes.*

Je ne prétends rien ajouter à tout ce qui a déjà été dit sur ces invasions apostoliques. Nous voyons journellement le bien que nous en retirons : La concorde et le repos engendrent la monotonie et l'ennui ; aussi, partout où nos révérends se sont fait entendre, a-t-on vu naître la dissension et le trouble. Ils nous ont prouvé que tout ce qu'on avait entrepris de grand et d'utile, depuis trente ans, n'était que vil et méprisable : nos victoires ont été traitées de brigandages : l'acquisition des biens nationaux de spoliations ; le mariage par des prêtres assermentés de concubinage, et ainsi de suite. Du reste, rien de plus édifiant ; et, sauf quelques refus de sépulture qui ont produit, par ci, par là, quelque petit scandale, les choses se sont assez bien passées. Les miracles ont toujours été de la partie. Il ne fallait même point être missionnaire pour s'en mêler : témoin ce pélerin qui, s'étant trouvé un jour maigre en face d'un chapon rôti, s'est mis aussitôt en prière, et a eu assez de crédit, par son intercession, pour obtenir la métamorphose dudit chapon rôti en carpe frite. Je laisse à part et l'ordre et la marche des processions, et les cantiques sacrés chantés sur l'air de *l'agnus da qui*, et les sermons des révérends pères, et la vente des *agnus* et des chapelets, et la première communion des sapeurs de telle ou telle légion, etc., etc. ; je remarquerai seulement qu'après toutes ces gentillesses, nos révérends ont formé de brillantes communautés, et que Jean s'en est allé autrement qu'il était venu.

(2) *La cendre des tombeaux saintement profanée.*

A Saint-Acheul, où ils ont acheté un établissement.

Sous le toit paternel l'enfance subornée.

Nous avons vu les réclamations de plusieurs pères de famille sur l'enlèvement de leurs enfans, qu'on voulait convertir ou qu'on avait convertis par séduction ou par force.

(3) Et Voltaire et Rousseau proscrits par mandement.

On se rappelle le fameux mandement qu'ont publié, pour le carême de 1818, MM. les vicaires du chapitre métropolitain, en vertu duquel tous les lecteurs de Voltaire et de Rousseau étaient excommuniés à propos d'œufs.

(4) En dépit des Bretons et des charivaris.

Les Jésuites ont été chassés de Brest, dans ces derniers temps, au bruit de la musique des sonnettes, des pots cassés et des cornets à bouquin.

(5) Courage, Révérends ! l'œuvre philosophique
Brûle en grand appareil sur la place publique.

La ville de Bourges, entr'autres, s'est donné ce petit divertissement à l'égard de Voltaire et de Rousseau.

(6) Ciel ! c'est un capuchon qu'on siffle à qui mieux mieux !

Des capucins se sont effectivement montrés dans les rues, mais le conseil de salubrité est, dit-on, parvenu à les faire reléguer hors de la ville.

IMPRIMERIE D'ABEL LANOE, RUE DE LA HARPE.

www.ingramcontent.com/pod-product-compliance
Lightning Source LLC
LaVergne TN
LVHW050439060726
842526LV00007B/2675